ERSTER SCHNEE

BAND 1 - KRIEG

Story und Artwork von B. Sakashita
Herausgegeben von Michael Campbell

www.tokupublishing.com

Originaltitel "First Snow", herausgegeben von Toku Publishing, LLC 2018
Übersetzt aus dem Englischen von Karsten Brabänder

Herausgegeben von Toku Publishing, LLC
ISBN-10: 1-948820-11-0 (paperback)
ISBN-13: 978-1-948820-11-0 (paperback)

Erstauflage: Mai 2018

Für M.

KAPITEL I

Die Rettung

Belgien, die Ardennen, Ende November 1944.
DAS ERSTE MAL, ALS ICH SCHNEE WÄHREND DES KRIEGES SAH, WAR AN JENEM TAG, ALS MEIN JEEP AUF DEM WEG NACH MALMEDY IN DIE LUFT GEJAGT WURDE.
DAS WAR DAS ERSTE MAL, DASS ICH GEORGE TRAF.

EIN DEUTSCHER SOLDAT WAR KURZ DAVOR, MICH AUSZUSCHALTEN, WIE MIR GEORGE SPÄTER ERZÄHLTE...
ABER ES WAR NOCH NICHT AN DER ZEIT, FÜR MICH ZU GEHEN...
HEH!

... DENN GEORGE WAR AUF EINER RETTUNGSMISSION IN DER NÄHE.
STEH AUF! WIR MÜSSEN WEG VON HIER, BEVOR NOCH MEHR KRAUTS HIER AUFTAUCHEN ..
AH ... ICH KANN NICHTS MEHR IN MEINEM LINKEN BEIN SPÜREN. WAS IST MIT BRUCE, DEM FAHRER?
TOT! ICH HABE SCHON NACHGESEHEN.

ER KANN SO NICHT ALLEINE LAUFEN.
ER IST AUSGEFALLEN.
DIE DEUTSCHEN WERDEN IHN FASSEN...FALLS ER NICHT ZUERST ERFRIERT.

ICH BRAUCHE NICHT VIEL ...
EIN PAAR KUGELN FÜR DIE GARAND (*) ...
HANDGRANATE...
NOTRATION (**) FÜR UNTERWEGS ...
UNGEFÄHR 3 KM BIS ZUM KP (***). DAS SOLLTEN WIR BIS ZUR DÄMMERUNG SCHAFFEN.
(*) 0.30-KALIBER SEMI-AUTOMATIK STANDARD-US-SERVICE GEWEHR
(**)100-GRAMM HERSHEY-SCHOKOLADENRIEGEL.
(***) KOMMANDOPOSTEN

OH, HÄTTE ICH FAST VERGESSEN...
SEINE FAMILIE HAT ES VERDIENT ZU WISSEN, WAS IHM ZUGESTOßEN IST.

DAS MUSS DIE AMEL SEIN. ICH BIN ZU WEIT NACH SÜDEN GEGANGEN! NUN MUSS ICH NORDWESTLICH ZURÜCKLAUFEN!!
ICH BIN MÜDE. MUSS MICH AUSRUHEN!
DER SCHNEE ERHELLT ZWAR, ABER ICH VERLIERE DAS SONNENLICHT UND ES WIRD IMMER KÄLTER.
DIESE NOTRATIONEN SIND WIRKLICH NICHT LEICHT ZU GENIEßEN...
SCHNELLER! SCHNELLER!
???

SCHNELLER!
SCHNELLER!
WAS??
OH, MEIN GOTT!!

DIE KRAUTS HABEN 'WAS GROßES VOR!

MUSS SCHLEUNIGST HIER RAUS.
MUSS DAS HQ (*) SOFORT INFORMIEREN.
(*) HAUPTQUARTIER
!!
ZIVILISTEN...KOMMEN VOM OSTEN...LASS UNS HOFFEN, DASS SIE FREUNDLICH GESINNT SIND ...
PARDONNEZ-MOI, MAIS CONNAISSEZ-VOUS LA ROUTE VERS STAVELOT? (*)
MAIS CERTAINEMENT! NOUS Y ALLONS NOUS-MÊMES. (**)
(*) ENTSCHULDIGEN SIE, ABER KENNEN SIE DEN WEG NACH STAVELOT?
(**) AH, NATÜRLICH! WIR SIND AUCH AUF DEM WEG DAHIN.

EST-CE QUE ÇA VA? EST-IL BLESSÉ? (*)
CE N'EST PAS GRAVE, MAIS IL NE PEUT MARCHER. (**)
PEUT-ÊTRE POUVONS-NOUS VOUS AIDER? (*)
(*) IST ER VERLETZT?
(**) NICHT SCHWER, ABER ER KANN NICHT LAUFEN.
(*)WIR KÖNNTEN VIELLEICHT HELFEN.
JE CONNAIS UN RACCOURCI À TRAVERS LA FORÊT. (*)
LES ALLEMANDS NE POURRONT JAMAIS NOUS Y TROUVER. (**)
ICH HOFFE NUR, DASS ICH DAS NICHT BEDAURE...
J'ESPÈRE QUE TU AIMES LE CHOCOLAT?
(*) ICH KENNE EINE ABKÜRZUNG DURCH DEN WALD.
(**) DIE DEUTSCHEN WERDEN UNS NIEMALS FINDEN.
(*)ICH HOFFE, DU MAGST SCHOKOLADE.

QUELQUE CHOSE À BOIRE? (*)
MERCI, MAIS QU'EST-CE QUE C'EST? (**)
(*) WIE WÄR'S MIT EINEM DRINK?
(**) DANKE, ABER WAS IST DAS?
DU GENIÈVRE, LA MEILLEURE DES BOISSONS EN BELGIQUE! (***)
UMPF!!
(***) "GENIÉVRE", DER BESTE STOFF IN GANZ BELGIEN!
EST-CE QUE ÇA VA? (****)
PEUT-ÊTRE UN PEU FORT POUR MOI! (*****)
(****) WIE IST ES?
(*****) VIELLEICHT DOCH EIN WENIG ZU STARK FÜR MICH!!

ALLEZ, ON Y VA! (*)
ON DOIT ÉVITER LA ROUTE PRINCIPALE ET RESTER PRÈS DE LA RIVIÈRE. (**)
(*) NUN, AUF GEHT'S!
(**) WIR MÜSSEN DIE HAUPTSTRASSE MEIDEN UND NAH AM FLUSS BLEIBEN.
ES IST ZWAR EINE ABKÜRZUNG, ABER ICH FRAGE MICH, OB ES NICHT SOGAR LÄNGER DAUERT, SICH ÜBER HOLPRIGE FELDWEGE ZU BEWEGEN. NUN, IMMERHIN SIND WIR HIER VORAUSSICHTLICH ERST EINMAL SICHER!

VOUS PARLEZ BIEN LE FRANÇAIS... COMMENT CELA SE FAIT-IL? (*)
JE SUIS FRANÇAIS. MES GRANDS-PARENTS AVAIENT ÉMIGRÉ EN LOUISIANE. A LA MAISON, NOUS PARLONS TOUJOURS LE FRANÇAIS. (**)
(*) SIE SPRECHEN GANZ GUT FRANZÖSISCH. WIE KOMMT DAS?
(**) ICH BIN FRANZOSE. MEINE GROßELTERN WANDERTEN NACH LOUISIANA AUS. WIR SPRECHEN IMMER FRANZÖSISCH ZU HAUSE.
ENDLICH!
NOUS Y VOILÀ! (*)
(*) DA SIND WIR!

STAVELOT!
WIR HABEN ES ZUM KOMMANDOPOSTEN GESCHAFFT!
???
WAS ZUM TEUFEL...
HEY, SCHAU!!
MP
MP

NICHT SCHIEßEN! UNITED STATES ARMY!
HALT!
WAS MACHT ER DENN BEI DEN ZIVILISTEN?
ICH TRANSPORTIERE VERLETZTE!
VERFLUCHT! ES IST GEORGE!
WAS HAST DU DA?
EINEN TYPEN VON DER NACHRICHTENTRUPPE. IHR JEEP WURDE GETROFFEN!
BIN MIR NICHT SICHER! KEINE SICHTBAREN VERLETZUNGEN, ABER ER SCHEINT VOLLKOMMEN WEG ZU SEIN. KANN NICHT LAUFEN...OHNE DIE HILFE DES FARMERS HIER HÄTTE ICH IHN SONST NICHT RETTEN KÖNNEN!
WIE SCHLIMM IST ES?

ALORS, ADIEU MON AMI ET BONNE CHANCE! (*)
MERCI BEAUCOUP! J'ESPÈRE VOUS RENCONTRER APRÈS LA GUERRE. (**)
... ADIEU, MONSIEUR LE SOLDAT! (***)
(*) NUN, LEB WOHL, MEIN FREUND! VIEL GLÜCK!
(**)VIELEN HERZLICHEN DANK. ICH HOFFE, EUCH NACH DEM KRIEG WIEDERZUSEHEN.
(***)AUF WIEDERSEHEN, HERR SOLDAT!
ER IST AM LEBEN, ABER ER WIRD SICH HIER ZU TODE FRIEREN. JIMMY, KANNST DU EINE TRAGE BESORGEN?
KANNST DU AUCH DIES HIER ERLEDIGEN? ES GEHÖRTE DEM FAHRER VON DEM JEEP. ..
OKAY!
... ER HAT ES NICHT GESCHAFFT.

PASS GUT AUF IHN AUF...ICH MUSS DEM HQ SOFORT BERICHT ERSTATTEN!
OKAY, GEORGE!
AHHHH...
... WO BIN ICH?
KP IN STAVELOT. DU KANNST ALSO SPRECHEN!...GUT!...DU WIRST SCHNELL WIEDER ZURÜCK IM KAMPFGETÜMMEL SEIN!
ICH BESORGE DIR WASSER...
DER TYP...DER MEIN LEBEN GERETTET HAT...WIE IST SEIN NAME?...ICH MÖCHTE MIT IHM SPRECHEN...
DAS WAR GEORGE...ABER DU WIRST KAUM MEHR ALS SEINEN NAMEN AUS IHM HERAUSBEKOMMEN...

MAN KANN ES IHM NICHT VERÜBELN...ER HAT NICHT VIELE GUTE GESCHICHTEN ZU ERZÄHLEN...ER HAT DIE MEISTEN SEINER KAMERADEN VERLOREN...ER SPRICHT NICHT VIEL UND LÄSST ANDERE NICHT ZU SEHR AN SICH RAN...ABER GEORGE IST EIN GUTER SOLDAT.
WIE LANGE ICH GEORGE KENNE?...LANG GENUG, UM IHN ZU VERSTEHEN, DENKE ICH...
WAS IST IHM DENN PASSIERT? DU KENNST IHN SCHON FÜR EINIGE ZEIT?
WIR WAREN AUF DEM GLEICHEN LANDUNGSFAHRZEUG IN DER NORMANDIE AM D-DAY! ANFANGS WUSSTEN WIR NICHT, DASS WIR BEIDE AUS LOUISIANA WAREN. ABER WIR KONNTEN KAUM UNTERSCHIEDLICHER SEIN. ICH WAR STEIF VOR ANGST, WÄHREND GEORGE...GEORGE WAR RUHELOS! ER WOLLTE IMMER WEITER...ER WAR FURCHTLOS!

DAS WAR DAS ERSTE MAL, DASS ICH IHN IN AKTION SAH..ER KÄMPFTE WIE EIN TEUFEL...DIE VERLUSTE WAREN HOCH...ABER WIR STANDEN ES UNVERLETZT DURCH!
NACH DEM D-DAY TRENNTEN WIR UNS, ABER DER KRIEG GING WEITER. ICH MACHTE MICH NACH OSTEN, GEN DEUTSCHLAND, AUF UND GEORGE GING NACH SÜDEN, UM DIE SIEBTE ARMEE ZU TREFFEN.

ER WAR BEIM 1TEN BATAILLON, 141.INFANTERIE, DIE VON DEN DEUTSCHEN IN DEN VOGESEN UMSTELLT WURDE. DIE KÄMPFE WAREN BRUTAL UND DIE VERLUSTE ENORM.
DIE 442. RETTETE DIE 141. UNTER UNGLAUBLICHEN VERLUSTEN. SIE FANDEN GEORGE, DER ALS EINZIGER SEINER EINHEIT ÜBERLEBT HATTE, TRAUERND AN DER SEITE EINER SEINER RETTER.

GEORGE WAR UNVERLETZT, EINIGE KRATZER AUSGENOMMEN!

ES GIBT DA ETWAS, AN DEM ER STÄNDIG FESTHÄLT, INSBESONDERE IN SEHR SCHWEREN ZEITEN...

ICH WEIß NICHT, WAS ES IHM BEDEUTET...VIELLEICHT GLAUBT ER, DASS ES IHN BESCHÜTZT...

EIN EINFACHES GOLDENES KREUZ...

UND NUN WEIßT DU GENAUSO VIEL WIE ALLE ANDEREN ÜBER GEORGE...
ER HAT MEIN LEBEN GERETTET!
...UND AN JENEM VERSCHNEITEN TAG IM WINTER 1944, WURDE MIR, DEM ARMY-FUNKER TOM BORER, EINE ZWEITE CHANCE ZUM LEBEN GEGEBEN DURCH EINEN SERGEANT AUS LOUISIANA MIT DEM NAMEN GEORGE DUMAS.
DIES IST GEORGES GESCHICHTE.

KAPITEL II

Die Brücke über die Amel in Stavelot

Stavelot, Belgien, Dezember 1944.
SIR! WARUM KÖNNEN WIR KEINE LUFTUNTERSTÜTZUNG BEKOMMEN. ES IST EIN KLARER WARMER TAG...BESTE SICHT!
ES LIEGT AN DER AIR FORCE. SIE WERDEN NICHT ZUSTIMMEN. ALLE IHRE FLUGZEUGE SIND ZURZEIT ZU DÜNN ÜBER FRANKREICH GESTREUT.
IHR MÜSST DIE BRÜCKE SO LANGE ES GEHT HALTEN.
DAS IST DIE LETZTE BRÜCKE ÜBER DIE AMEL. WIR HABEN BEREITS ALLE ANDEREN GESPRENGT...KÖNNEN DIE DEUTSCHEN NICHT RÜBERLASSEN...
SIR! WIR KÖNNEN INFANTERIE ANGRIFFEN STAND HALTEN, ABER NICHT PANZERN. WIR HABEN KAUM EIN DRITTEL DER STÄRKE EINER KOMPANIE...
... WAS FÜR TRUPPEN HABEN SIE DORT?

.... NUN...ICH HABE
VON JEDEM EIN PAAR
LEUTE HIER ...
WAS SOLL DAS HEIßEN?
KÖNNEN SIE KÄMPFEN?
DAS IST ALLES, WAS
MICH INTERESSIERT!
WOHER HABEN SIE SIE?

NUN...DIE HÄLFTE VON IHNEN SIND VON DEM SELBEN KAMPF-INGENIEURS-BATAILLON WIE AUCH ICH..DAS SIND GUTE LEUTE UND SIE HÖREN AUF MICH....
... ABER SIE SIND ... UH ... INGENIEURE UND NICHT GERADE DAZU DA, DEN KAMPF ZU LEITEN!
... DIE ANDERE HÄLFTE SIND ÜBRIGGEBLIEBENE, DIE IHRE EINHEITEN VERLOREN HABEN, FALLSCHIRMJÄGER, PANZERWAGEN, AUFKLÄRER, USW...SIE SEHEN AUS WIE VETERANEN...
... ICH WEIß, WIE MAN BRÜCKEN SPRENGT, ABER SIE WISSEN WAHRSCHEINLICH BESSER, WIE MAN KÄMPFT ALS ICH DAS TUE...

VERDAMMT! LIEUTENANT WILLIAMS! DARF ICH SIE DARAN ERINNERN, DASS SIE DER SOLDAT MIT DEM HÖCHSTEN RANG DORT SIND! ES IST IHR JOB, DIE LEUTE ANZUFÜHREN.
UNTERNEHMEN SIE ALLES, UM DIE BRÜCKE ZU HALTEN. UND FALLS SIE DAS NICHT KÖNNEN, SPRENGEN SIE SIE. DAS IST EIN BEFEHL!
... JA, SIR!!
DIE MÄNNER UNTEN MIT EINBERECHNET HABEN WIR WAHRSCHEINLICH EIN PAAR SCHÜTZENEINHEITEN, EINE KAMPFMITTEL-GRUPPE, SANITÄTER, FUNKER USW....GENUG, UM EIN PAAR ANGRIFFEN STANDZUHALTEN ...
OK, LEUTE...HQ MÖCHTE, DASS WIR DIE BRÜCKE HALTEN...ICH BIN MIR NICHT SICHER, WIE WIR DAS ANSTELLEN. KANN MIR JEMAND SAGEN, WAS WIR HIER HABEN, MIT DEM WIR DIE KRAUTS BEKÄMPFEN KÖNNEN?

... ABER DER CHIEF HAT RECHT! WIR SIND KEIN ZIEL FÜR DIE MECHANISIERTEN TRUPPEN DER KRAUTS!
ICH WÜRDE SAGEN ...
DAS HÄNGT DAVON AB, OB VERSTÄRKUNG KOMMT ...
... WANN KÖNNEN WIR MIT EIN WENIG HILFE RECHNEN, SIR?

NICHT SICHER! HQ HAT MIR NICHTS VERSPROCHEN...
... .DANN SAGE ICH EHER, DASS WIR UNS BEREIT MACHEN SOLLTEN, DIE BRÜCKE ZU SPRENGEN!
... ICH HATTE AUCH GENAU DEN GLEICHEN GEDANKEN...
WAS FÜR EINE VERDAMMTE SCHANDE! ICH WÜRDE GERNE STAND HALTEN UND DEN KRAUTS EINEN GUTEN KAMPF LIEFERN!
JERRY, WIE VIEL SPRENGSTOFF HABEN WIR ZUR HAND?
... DAS IST SO EINE SCHÖNE BRÜCKE FÜR UNSERE SHERMANS!

SIR, ICH HABE HIER ZWEI RANZEN BEI MIR, ABER UNTEN SOLLTEN NOCH EIN PAAR AUSRÜSTUNGEN MIT M-37 SEIN...
WIRD DAS REICHEN...?
NUN, DANN, JERRY, NIMM EIN PAAR INGENIEURE MIT RUNTER ZUR BRÜCKE UND BEGINNT MIT DER VERDRAHTUNG...
JA, SIR!
ICH GLAUBE, SIR!...ABER WIR HABEN MÖGLICHERWEISE NUR EINEN VERSUCH GEGEN DIE MITTELÖFFNUNG...ES IST EINE SCHWERE, STARKE STEINBRÜCKE.

OK, ES IST EINE LANGE BRÜCKE, UND WIR VERDRAHTEN DIE ERSTE STÜTZLÄNGE...AM NÄCHSTEN ZU DIESEM GEBÄUDE, FALLS WIR SCHNELL EVAKUIEREN MÜSSEN!...PACKT ALLES, WAS IHR HABT, WIR KÖNNEN KEIN RISIKO EINGEHEN. DIESE BRÜCKEN SIND ZÄH!
JA, SIR. WIR LASSEN DIE BRÜCKE NICHT DEN KRAUTS.
...BRINGEN WIR'S HINTER UNS, SO DASS ICH ENDLICH AUS DEM EISIGEN WETTER RAUSKOMMEN KANN! ES IST KALT!!!
AUF GEHT'S DANN....
SCHAUT!

AMIS!
PANZER! PANZER! PANZER!
VERDAMMT! GENAU SO ETWAS BRAUCHEN WIR GERADE JETZT...
ICH HATTE SO ETWAS WIE DIES BEFÜRCHTET...
EIN "TIGER"!

KLAUS, KANNST DU SIE SEHEN...
JAWOHL !
SCHNELLER!
DA HABEN WIR UNSERE DEMOLIERUNG...ZEIT, SICH AB ZU MACHEN...

KLAUS, MACH DEINE ARBEIT MIT DEINEM MASCHINENGEWEHR....SIE GEHÖREN ALLE DIR.
JAWOHL!
TARATARA..
...ÜBERLASS ES MIR.

TARATARA..
SCHNELL ZUR BRÜCKE!
... WAS IST MIT DEM ZÜNDER ...?
VERGISS DEN ZÜNDER! RETTE DEINE EIGENE HAUT!
TARATARA..
TARATARA..

TARATARA
TARATARA..
WAS IST DAS FÜR EIN KRACH?
EIN EINZELNER "TIGER" DIREKT VOR UNS...ER FÄHRT DIREKT AUF DIE BRÜCKE ZU ...
OH, MEIN GOTT! DIE INGENIEURE ...

UM HIMMELS WILLEN, RUF DAS SPRENGKOMMANDO ZURÜCK! SIE SIND DIREKT AUF DEM WEG DAHIN ...
ZU SPÄT!...DER PANZER HAT SIE GESICHTET! SIE WERDEN DURCH DAS MASCHINENGEWEHR UMGEBRACHT!
TARATARA TARATARA... 
AU!
AARGG.... 
JOEY!1

AARGG...
VERDAMMT! ICH HÄTTE IHN NIEMALS FRAGEN SOLLEN ZU KOMMEN. DER JUNGE IST NOCH FEUCHT HINTER DEN OHREN!
ER IST AUS ARIZONA...DIESE KÄLTE IST NICHT MIT DEM KLIMA ZU VERGLEICHEN, MIT DEM ER AUFGEWACHSEN IST ...
...ABER...ICH GLAUBE, ER IST AM LEBEN!
WAS WERDEN WIR TUN?
EINER DER INGENIEURE WURDE GETROFFEN ...
...WIR ZIEHEN DAS FEUER AUF UNS? WIR LENKEN DAS FEUER AUF UNS...ODER SIE WERDEN ALLE INGENIEURE TÖTEN, DIE DA UNTEN SIND!
...WIR WERDEN NICHT LANGE AM LEBEN BLEIBEN, SOLANGE DIE LEUTE DA DROBEN NICHTS GEGEN DEN PANZER UNTERNEHMEN! WIR HABEN KEINE WAFFEN MITGEBRACHT....MEIN FEHLER!
...WAS ??
AARGG...
...BLEIB ERNST! WAS KÖNNTEN WIR MIT UNSEREN WAFFEN GEGEN EINEN PANZER AUSRICHTEN!?

WIR KÖNNEN ES MIT UNSERER BAZOOKA TREFFEN, SIR!
DIE KAMPFTRUPPE IST BEREIT, SIR!
UH...GUT! NEHMT EURE POSITIONEN EIN ...
...DAS GEBÄUDE IST EINE TODESFALLE ...
...WAS MACHE ICH NUR ...
...ICH MUSS VERRÜCKT SEIN!
...DAS IST SELBSTMORD!
OK, LEUTE, SCHWÄRMT AUS! WIR BRAUCHEN EIN WENIG PLATZ FÜR DEN RÜCKSTOß! ÖFFNET DIE TÜR, UND VERSTECKT EUCH, BEDECKT EUCH DIE OHREN.
MAN, ICH BIN MIR GAR NICHT SICHER ÜBER DAS HIER...WIR BRAUCHEN EIGENTLICH 6 METER FREIRAUM ODER WIR KÖNNTEN GERÖSTET WERDEN DURCH DIE RÜCKZÜNDUNG... DAS WIRD ENG!

BIG-J! HILF MIR, DAS FENSTER ZU ZERSCHLAGEN!
???
OK! TONY, LADE MIR EINE DER M6A1-RAKETEN EIN. IST VIELLEICHT NUR EIN VERSUCH! ABER VIELLEICHT KÖNNEN WIR SIE EVENTUELL STOPPEN.

KOMMT SOFORT!
HIER IST SIE!

SCHEISSE!!
BIEGEN SIE RECHTS AB!!
Den Kopf der Rakete in die Abschussvorrichtung einführen und dann den hinteren Schnappverschluss freigeben und den Sicherheits-Verschluss von der Zündschnur lösen...
Den hinteren Schnappverschluss aufrichten und die Rakete sanft in die Abschussvorrichtung einführen, bis der Schnappverschluss in die Kerbe der Heckflosse einrastet...
Lösen Sie den Kontaktdraht von der Heckflosse und ziehen den Draht gerade zurück, um ihn zu entrollen, ...
Verbinden Sie den nicht isolierten Teil des Drahts mit jeder Sorte von Windungen von jeder der Federkontakte.

LOS!

NEIN ! BIEGE LINKS AB ! SCHNELL!
SCHN...
BUUMMM
SCHEISSE!

VERDAMMT!
WIR HABEN LEDIGLICH DIE RECHTE FLANKE GETROFFEN …
ZUMINDEST SIND SIE NICHT MEHR IN DER LAGE, DIE BRÜCKE ZU ÜBERQUEREN …
DRITTER STOCK, OBERES MITTELFENSTER!!
FEUER!
ALLE RUNTER!!

BUUUMMMM!
JETZT!!
... DIE KAMPFTRUPPE ...
WEG DA VOM FENSTER ...
BUUUMMMM!
47

BUUUMMMM!
...BILLY...

BILLY!

BILLY!!
BILLY! STIRB NICHT! DU WEIßT DOCH, DASS ICH SO EINEN LAUSIGEN SCHÜTZEN WIE DICH BRAUCHE!

AAAHH! TONY, DU GROßMÄULIGER HINTERLADER...WILLST DU NICHT DEN MUND HALTEN...UND HOL MICH HIER RAUS ...

... WIR SIND DRAN!
...YEAH! DAS IST GENAU WIE ICH MEINEN SHERMAN VERLOREN HABE!
... DIE 88ER VON DEM PANZER KÖNNTE DIESES GEBÄUDE IN SEKUNDEN DEM ERDBODEN GLEICH MACHEN!
DIESE LEUTE SIND EIN HAUFEN VERRÜCKTER!...ICH HÄTTE IHNEN NIEMALS ZUHÖREN SOLLEN ...
ICH HÄTTE BEI DEN INGENIEUREN BLEIBEN SOLLEN...SO WOLLTE ICH NICHT UNBEDINGT STERBEN...VERDAMMT!!
...GUT! EVAKUIERT DAS GEBÄUDE!!
...DIE TREPPEN! ALLE ...

...NEEEIIIN!!
... DIE TREPPEN ...

... SIE SIND WEG!!
JETZT SIND WIR GEFANGEN!!

ES GIBT KEINEN WEG RAUS! WIR WERDEN HIER ALLE STERBEN!!
NICHT SO SCHNELL, CHIEF! DAS IST EINE SACHE ZWISCHEN MIR UND GOTT ...
... UND ICH ENTSCHEIDE DAS LIEBER FÜR MICH SELBST!
... ABER ZUERST, DARF ICH MIR SCHNELL EINMAL IHRE PISTOLE AUSLEIHEN!
HEH!!
DAS IST MEINE WAFFE!

SIEH DIR AN WIE DER GEHT...GUT GEMACHT GEORGE! LOS, KRALL SIE DIR, SOHN!
DAS IST MEINE AUSGEZEICHNETE WAFFE! MEIN COMMANDER GAB SIE MIR!
WAS HAT ER VOR? WILL ER SEINE EIGENE HAUT RETTEN? WIE KANN ER ES MIT EINER PISTOLE MIT EINEM PANZER AUFNEHMEN??
ICH MUSS SIE ABLENKEN, BEVOR SIE NACHLADEN KÖNNEN...ICH HABE UNGEFÄHR 6 SEKUNDEN. DAMIT SIE MICH SEHEN ...
SORRY, HERR GARAND! ICH KANN DICH LEIDER DIESMAL NICHT MITNEHMEN ...

... WAS FÜR EINE SCHWEINEREI ...
VERDAMMT! ES IST ZU HOCH ...
ICH BRECHE MIR DAS GENICK, FALLS ICH VON HIER HERUNTER SPRINGE ...

... MUSS DAS IN ZWEI SPRÜNGEN SCHAFFEN...
... DER TRÜMMERHAUFEN MACHT EINE SANFTERE LANDUNG ...
... VOM ZWEITEN STOCK ...
... AUF GEHT'S...MACH DEN ERSTEN SPRUNG...VOM DRITTEN ZUM ZWEITEN STOCK ...
... DANN...DER ZWEITE ZUM ERDBODEN ... PFF...

... GOTT ERBARME DICH ...
KKRRAAKKK!

... ICH SOLLTE EIGENTLICH JETZT GESICHTET WORDEN SEIN!!
NICHT SCHIESSEN, ICH GLAUBE ICH SEHE WAS ...
JAWOHL!

KLAUS, BENUTZE WIEDER DEIN MASCHINENGEWEHR ... DIE AMERIKANER FLIEHEN AUS DEM GEBÄUDE ...
JAWOHL!
TARATARA
... ICH MUSS AUF DIE ANDERE SEITE DES PANZERS GELANGEN...WO DER SCHÜTZE MICH NICHT ERREICHEN KANN ..
TARATARA..
TARATARA..
TARATARA..
TARATARA..
TARATARA..

TARATARA
TARATARA..
...UMPF!...

TARATARA..
TARATARA..
TARATARA..
TARATARA..
TARATARA..
....DAS MASCHINENGEWEHR... ES STOPPT!?
ER IST AUSSERHALB MEINES SCHUSSWINKELS...
JA, ICH WEISS, KLAUS!
...ES KLAPPT!ICH BIN AUSSER REICHWEITE...SEIN WINKEL IST BEGRENZT!

...ES MÜSSEN SO CIRCA 75 BIS 90 METER BIS ZUM PANZER SEIN...
...IM SPORTUNTERRICHT KONNTE ICH 90 METER IN 15 SEKUNDEN...
...ABER ICH BRAUCHE DIESMAL NUR 45 METER ZURÜCKZULEGEN...DAS WÜRDE MICH AUF BIS ZU 25 METER ZUM TANK BRINGEN...
...DER EFFEKTIVEN REICHWEITE FÜR DIE PISTOLE...
...ICH BRAUCHE SO CIRCA 10 SEKUNDEN...
...

...70 METER...
WAS FÜR EIN GUTER SOLDAT!
... SCHADE, DASS ICH IHN TÖTEN MUSS!
...50 METER ...
...40 METER...ICH KANN SEIN GESICHT SEHEN...ES IST EIN ALTER MANN ...
... WAS BEDEUTET, DASS ER MICH GENAUSO SEHEN KANN ...
... ICH MUSS NAH GENUG HERANKOMMEN, DAMIT ER MICH MIT DEM LOGGER TREFFEN KANN!
... HIER IST ES...KEINE SEKUNDE ZU FRÜH ...
PENG!

PENG!
PENG!
PENG!
PENG!
PENG!
HEILIGER STROHSACK!
ER IST JUNG UND
SCHNELL!

PENG!
PENG!
ER HAT 8 RUNDEN GENUTZT...ER SOLLTE ALSO JETZT KEINE MUNITION MEHR HABEN...AUCH WENN DER LUGER 9 HALTEN KANN ...
KLICK!
... ER KANN VERDAMMT GUT SCHIESSEN!
... MUSS EIN WENIG IM ZICKZACK LAUFEN ...
... HOFFENTLICH...IST ER GELADEN...ICH KANN ES NICHT MIT SICHERHEIT SAGEN!
...30 METER! IN SCHUSSWEITE! DER COLT FÜHLT SICH SO GUT AN! STANDARD-ARMEE-PRODUZIERTE M1911A ...
... ZUERST ÄNGSTIGE IHN EIN WENIG, UM EIN WENIG ZEIT ZU GEWINNEN ...
PENG!
PENG!
PENG!
PENG!
WUSCH ...
WHUUSCH ...
PPPPIIINNNGGGG!
MIST!!!

... NUN, DER TODESSCHUSS ...
... KALT...KLAMM...KEIN WIND...DICHTE LUFT ...
... ICH SCHIEßE AM BESTEN HOCH ÜBER SEINEN KOPF, UM SEINEN KÖRPER ZU TREFFEN ...
... 3 SCHUSS...VON TIEF ZU HOCH...MUSS SICHERSTELLEN, DASS MINDESTENS EINE TRIFFT!
PENG!
PENG!
PENG!
AH!!
... NUR NOCH 2 PATRONEN!

EIN WIRKLICH GUTER SOLDAT ...
... NUN MUSS ICH IHN ABHALTEN, DIE LUKE ZU SCHLIEßEN. ...
...25 METER ...
... NAH GENUG FÜR EINE HANDGRANATE ...
... DENNOCH... GIBT ES KEINE CHANCE, DASS ICH SIE VON HIER DURCH DIE LUKENÖFFNUNG WERFEN KANN ...
... MUSS DIE GRANATE SICH SELBST IN DER LUFT ZÜNDEN LASSEN...UM DIE LUKE ZU SPRENGEN...ANDERNFALLS ROLLT SIE EINFACH NUR VOM GESCHÜTZTURM RUNTER!
... KEINE WAHL....
.... MUSS DEN 5-SEKUNDEN-ZÜNDER IRGENDWIE EIN PAAR SEKUNDEN VERZÖGERN ...
... SCHLAGVORRICHTUNG
... STIFT ...
... EINTAUSEND-UND-EINS ...
... EINTAUSEND-UND-ZWEI ...
... EINTAUSEND-UND-DREI ...
... ICH HOFFE, MEINE LINKE HAND HAT ES IMMER NOCH IN SICH ...

DIE LUKE ... ICH MUSS DIE LUKE SCHLIEßEN ...
AUTSCH! MEINE SCHULTER ...
POP!
NEIN!!
GRANATE, ALLE RUNTER !!
AUF WIEDERSEHEN, KLAUS...

...EINTAUSEND-UND-FÜNF...
...WAS IST PASSIERT? DIE GRANATE HAT NICHT GEZÜNDET...
...OH NEIN, DER ZÜNDER MUSS FEUCHT GEWORDEN SEIN ALS ICH IM SCHNEE GELANDET BIN...
KABUUUMM!!!

BBAAOOUUMM!!!
JA!
...ES IST EINFACH NUR EIN LANGSAMER ZÜNDER...DIE HANDGRANATE WAR IN ORDNUNG...
...DANN WOLLEN WIR MAL NACHSCHAUEN. ..EIN WENIG NÄHER....
HEILIGER BIMBAM! ICH KANN DOCH NICHT SO GLÜCKLICH GEWESEN SEIN...DIE GRANATE MUSS DIREKT DURCH DIE LUKE INS INNERE GEFALLEN SEIN!! INS SCHWARZE !

...DIE HYDRAULIKFLÜSSIGKEIT VOM GETRIEBE DES GESCHÜTZTURMES..ES BRENNT...ICH KANN ES RIECHEN...
...ICH MUSS DIE GESAMTE MANNSCHAFT GETÖTET HABEN...
WAS ZUM H...
!!!

AAA..HHH...!!!
AAA..HH..H!!!

...ICH WILL VERDAMMT SEIN...ES IST DER MASCHINENGEWEHR-SCHÜTZE...
... ER IST SCHLIMM VERBRANNT ...
JESUS!...ER IST JA KAUM MEHR ALS EIN TEENAGER! ...
BITTE TÖTE MICH ...
... WAS FÜR EINE ART KRIEG KÄMPFE ICH IN HIER?...GEGEN ALTE MÄNNER UND KINDER...
... UM HIMMELS WILLEN, ER BITTET MICH DOCH NICHT IHN ZU TÖTEN? ...

... ER WIRD STERBEN...ER WEIß ES...WIR KÖNNEN IHN NICHT RETTEN...WIR LASSEN IHN HIER, SICH VOR SCHMERZEN WINDEND...
... ICH WÜRDE DAS GLEICHE TUN, AN SEINER STELLE...
... ES IST JEDERMANNS LETZTES RECHT...
... WIE KONNTE ER DIES NUR SO JUNG LERNEN......
BITTE...
... ICH KANN ES NICHT TUN...
VIELEN DANK!

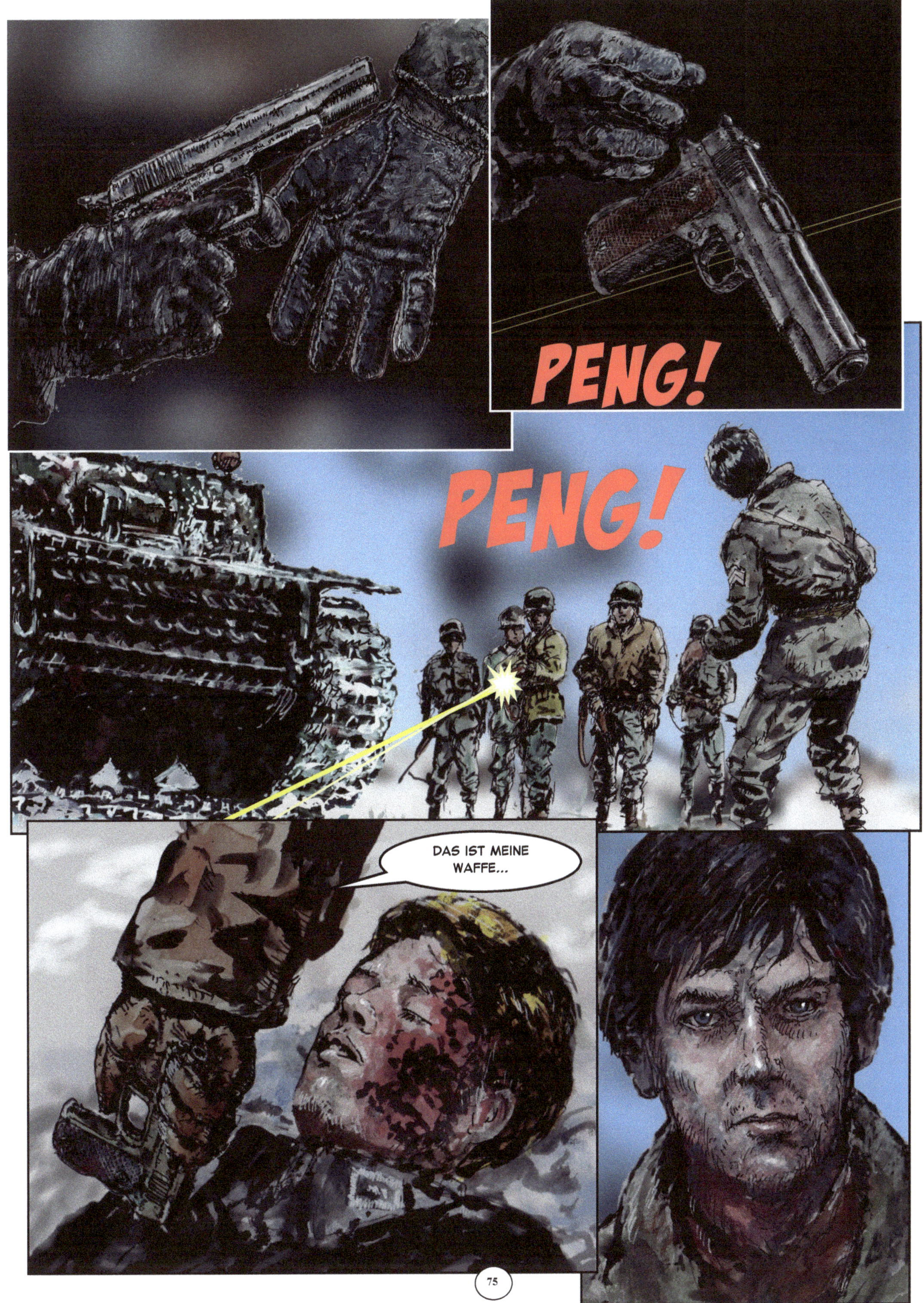

PENG!
PENG!
DAS IST MEINE WAFFE...

... SOLLTEST DU SO ETWAS JEMALS WIEDER DURCHZIEHEN...ERSCHIEßE ICH DICH SELBST..WAS HAST DU DIR DABEI GEDACHT? DEM KRAUT EINE WAFFE ZU GEBEN?...
MEINE WAFFE!!
...UND HIER IST DEINE...NOCH NIE SO EINE DRECKIGE VORHER GESEHEN. HAST DU NICHT GELERNT, WIE MAN ALS SOLDAT EINE WAFFE SÄUBERT?
... LASS ES LOCKER ANGEHEN MIT GEORGE, CHIEF...ER HAT GERADE ALLE UNSERE ÄRSCHE GERETTET...WIR HÄTTEN ALLE VON DEM PANZER GETÖTET WERDEN KÖNNEN...
YEAH, FALLS ICH NACH HAUSE KOMME AUF MEINE FARM, WERDE ICH MEINEN ERSTGEBORENEN SOHN NACH GEORGE BENENNEN!
HA HA! WAS REDEST DU DENN DA? DU BIST JA NICHT EINMAL VERHEIRATET!
.. WER WÜRDE IHN HEIRATEN? ER IST EINFACH ZU HÄßLICH...
... VIELLEICHT EINES SEINER EIGENEN SCHWEINE... HA HA! ...
VERDAMMT, MAVERICK...

BAOE
DIE MUNITION DES PANZER EXPLODIERT...WIR SOLLTEN HIER VERSCHWINDEN! ICH HABE GENUG VON DIESER BRÜCKE.
JAGT SIE HOCH!!
STEHST DU NUN AUF SAMMELN VON ERKENNUNGSMARKEN VON KRAUTS?
... NUR VON DENEN, DIE ICH NICHT VERGESSEN WILL...
... WIE IST DER NAME? ...
... DEUTSCHE ERKENNUNGSMARKEN HABEN KEINE NAMEN... (*)
(*)EINGERITZT AUF DER ERKENNUNGSMARKE: KLAUS MÜLLER 30-4-1921

WIRD FORTGESETZT...

BALD IN "ERSTER SCHNEE"
BAND 2 - ENTEHRUNG

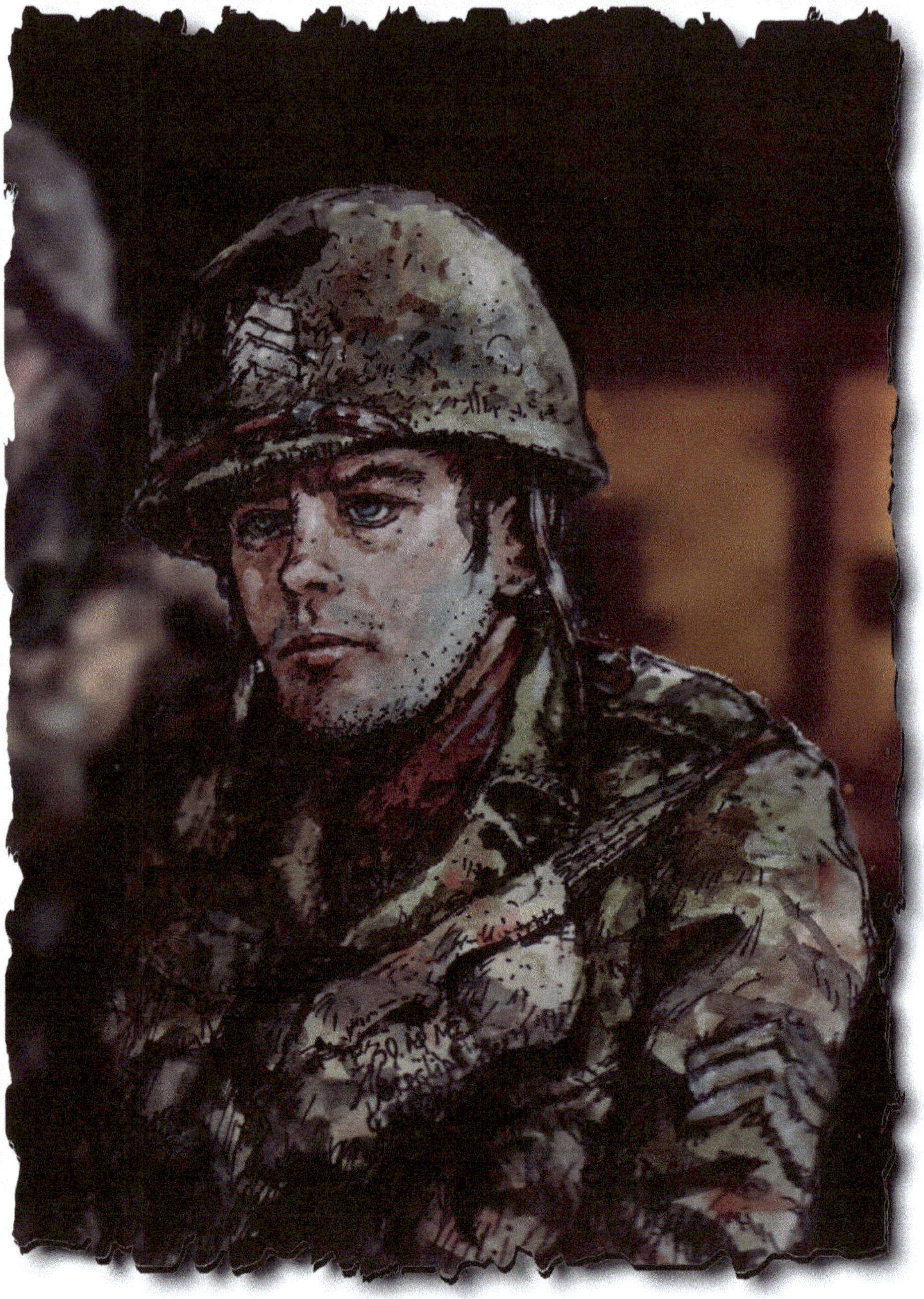

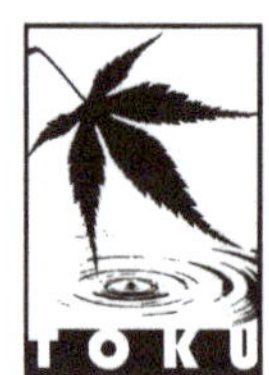

TOKU